KB238727

토마토로
만들어 줘

**토마토로
만들어 줘**

조예은 소설

― 권서영 그림

창비

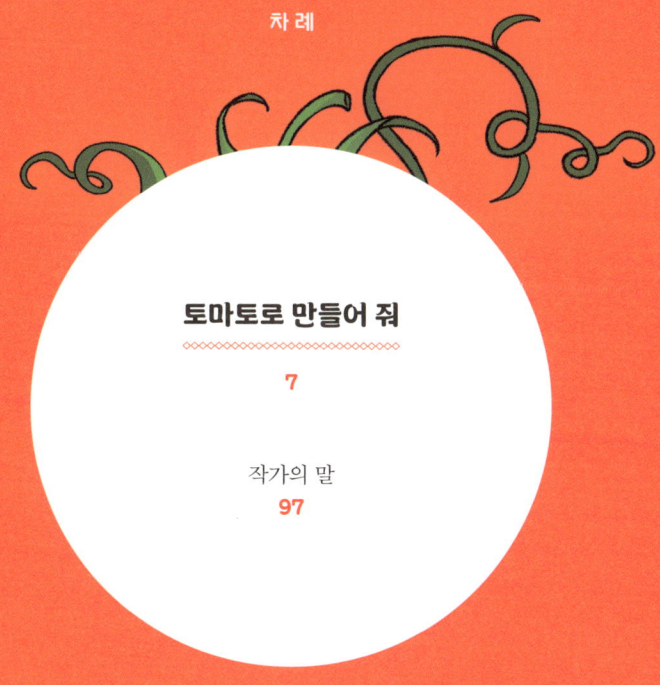

망했다. 실수로 박은해를 토마토로 만들어 버리고 말았다. 그것도 아주 못생기고 울퉁불퉁한 못난이 토마토로. 너무 못나서 바닥에 굴러다니는 박은해를 아무도 주워 먹지 않을 거라는 게 그나마 다행이었다.

"어, 어, 어떡하지?"

열두 살 때 할머니를 토마토로 만들어 버린 이후로 다시는 같은 실수를 반복하지 않겠다 다짐했는데. 중간에 여러 번 고비가 있었지만 잘 참아 왔는데……. 그간의 노력이 한순간에 물거품이 되고 말았다. 허무함과 두려움에 눈물이 쏟아졌다.

"이, 일부러 그런 게 아니야. 나는, 나는⋯⋯."

변명하듯 말해 봤지만 눈앞의 박은해는 아무 말이 없다. 나는 범죄자라도 된 것처럼 안절부절하며 주변을 살폈다. 살아 있던 박은해를 토마토로 만들어 버렸으니 진짜 범죄자나 다름없을지도. 그렇다면 죄목은 무엇일까? 설마 살인? 나, 살인자 된 거야? 머릿속에 온갖 상상의 나래가 펼쳐졌다. 동급생을 토마토로 만들어 버린 중학생은 무슨 처벌을 받으려나? 소년원 같은 곳에 가게 될지도 모른다. 험상궂은 형사들이 윽박지르고, 부모님의 토마토 농장은 쫄딱 망하고, 박은해의 가족은 나를 저주하겠지.

나는 덜덜 떨리는 손으로 흙바닥을 구르는 못난이 토마토를 주워 들어 패딩 재킷 주머니에 넣었다. 눈에 띄는 건 없었다. 우리가 있던 구관 급식실 뒤쪽의 공터는 리모델링한 학교 건물과 멀리 떨어져 있어 학생은 물론 선생님도 잘 오지 않는다. 가끔 거친 아이들이 담배를 피우거나 경비 아저씨가 몰래 캔맥주를 홀짝일 때 찾는 곳이었다. 나는 최대한 차분히 상황을 정리했다. 목격자도, CCTV도 없다. 아무도 내가 이곳에서 박은해와 있있다는 사실을 알지 못한다.

손바닥에 닿는 토마토의 감촉은 적당히 매끄럽고 탄탄했다. 계속 만지작거리면 박은해가 물러질 것 같아 주머니에서 손을 뺐다. 그래, 일단은 최대한 태연히 현장을 벗어나야 한다. 경찰도 박은해의 실종과 나를 쉽게 연관 짓지는 못할……

"도마윤! 방금 그거 뭐야?"

하여간에 되는 일이 없는 날이다. 목소리는 구

관 급식실 안쪽에서 들려왔다. 고개를 돌리니 유리
창에 얼굴을 바짝 가져다 댄 유미도가 보였다. 나
는 다시 한번 주머니 속의 토마토를 꽉 쥐었다. 쟤
는 왜 저 안에 들어가 있지? 그보다 언제부터 보고
있던 거야? 당황해서 아무 말도 못 하고 뒷걸음치
는 사이 유미도가 추궁하듯 물어 왔다.

"방금, 방금 그거 있잖아. 펑! 하고. 어떻게 한 거
야? 박은해는 어디 간 건데?"

잠시 차분해졌던 머릿속이 다시 최악의 상상을
가동했다. 목격자가 있다는 건 이 상황을 모른 척
할 수 없다는 뜻이다. 이제 남은 건 하나뿐이었다.
나는 빠르게 뒤돌아 달렸다. 등 뒤에서 유미도가
내 이름을 목청껏 불렀으나 돌아보지 않았다.

도망, 도망가자! 달아나야 해.

학교를 벗어나 한참을 달렸다. 심장이 터질 것

같이 뛰고 종아리와 허벅지 근육이 바짝 조였다. 눈앞에 익숙한 청과물 가게와 대형 트럭이 보였다. 트럭 짐칸에는 팔다리가 달린 거대한 토마토 캐릭터가 그려져 있었다.

당도 최고! 도씨네 명물 토마토!

전국 어디든 농장 직배송 가능

문의 주세요. 010-****-****

아빠의 토마토 트럭이었다. 아빠는 청과물 가게 안에서 사장님과 수다를 떠는 중이었다. 나는 아빠를 부르려다 말고 냅다 토마토 가득한 짐칸에 몸을 숨겼다. 다급한 모습을 보이면 분명 무슨 일이냐 물어 올 테고, 그럼 상황을 설명해야 한다. 아빠는 내 말을 믿지 않을 것이다. 할머니 때 그랬듯이.

아직 해가 떠 있음에도 짐칸 내부는 한밤중처럼 어두컴컴했다. 나는 가장 안쪽 구석에 웅크려 앉아 무릎 사이에 얼굴을 파묻었다. 두꺼운 박스 종이 특유의 노릿한 냄새와 짓무른 토마토에서 나는 상큼한 향에 뒤덮인 후에야 안도감이 들었다.

'일단 아빠의 트럭을 타고 집으로 가자. 엄마는 비닐하우스에 있을 테니까, 몰래 짐을 싸서 나오는 거야. 그런 다음 어디로 가야 하지?'

이미 울었지만 더 울고 싶었다. 나는 어쩌다가 이런 능력을 타고난 거지. 미워하는 사람을 토마토로 만드는 능력 따위, 있어 봤자 일상에 도움이 되기는커녕 평생을 조마조마하며 살아야 한다.

아빠가 청과물 가게 사장님과 수다를 끝낸 건지 트럭 문이 여닫히는 소리가 났다. 한번 크게 덜그럭거린 후 시동이 걸렸다. 그때였다. 어두운 짐칸 내부로 한 줄기 빛이 새어 들었다. 사뿐한 발소리가 이어졌다. 아빠가 아직 물건을 다 안 옮겼나? 가만히 숨을 죽이고 발소리가 멀어지기만을 기다렸건만 길쭉한 그림자는 점점 가까워지기만 했다. 높게 쌓인 토마토 박스 너머로 있어서는 안 되는 얼굴이 빼꼼 나타났다.

"도마윤! 여기 숨어 있었네."

아빠가 아니라 유미도였다. 나는 비명을 지를 뻔한 걸 가까스로 참았다. 유미도가 눈을 빛내며 한 걸음 한 걸음 다가왔다.

"어, 어떻게 알았어? 나 여기 숨은 거?"

"따라왔으니까 알지. 나 100미터 달리기 12.59초잖아. 너는 맨날 꼴찌고. 지금 그게 중요한 게 아니야."

유미도가 말하는 중 쾅, 하고 짐칸 문이 닫혔다.

희미하게 '내가 깜빡했나? 이게 왜 열려 있어?' 하
고 중얼거리는 아빠의 걸걸한 목소리도 들렸다. 트
럭은 몇 번 덜컹이더니 곧 매끄럽게 달려 나갔다.

청과물 가게가 있는 골목을 빠져나와 큰길로 들어선 듯했다. 유미도는 침착하게 어두운 내부를 둘러보고는, 내 옆에 털썩 주저앉아 말했다.

"어차피 우리 둘 다 이 안에 갇혔네. 트럭 문이 열릴 때까지 이야기나 해 보자고. 아까 박은해를 어떻게 한 거야? 걔가 사라졌잖아. 혹시 네가 그런 거야? 둘이 왜 그 음침한 곳에 같이 있었던 건네? 너네 안 친하잖아?"

유미도가 와다다 질문을 쏟아 냈다. 나는 귀를 틀어막으려고 양손을 들었으나, 우리 반 자체 팔씨름 대회에서 우승을 거머쥔 유미도의 힘에 제지당하고 말았다.

"응? 말 좀 해 봐. 내가 두 눈으로 똑똑히 봤으니까 시치미 뗄 생각 말아. 너 말고 거기에 아무도 없었어. 네 짓이지? 그렇다면…… 혹시 내 부탁 좀 들어줄 수 있어?"

"부탁? 뭔데?"

나는 그제야 유미도의 눈을 마주 보았다. 내가 질투하는 예쁜 쌍꺼풀 진 눈이다. 가슴 한편이 또 새싹 같은 미움으로 아릿해졌다.

"내 과외 선생님 좀 사라지게 해 줘!"

"뭐?"

내가 어이없다는 듯 바라보자 유미도는 어울리지 않게 고개를 숙이고 민망해하며 읊조렸다.

"장난 아니라 진심이야. 우리 엄마 다니는 교회 권사님 아들 김주용. 내가 세상에서 제일 싫어하는 인간이거든. 네 덕분에 나는 희망을 발견했어."

유미도의 얼굴은 사뭇 비장해 보이기까지 했다. 나는 이유 모를 답답함과 복잡함으로 유미도의 마지막 말을 곱씹었다. 나에게는 저주에 불과한 이

능력이 희망이라고? 그것도, 내가 세상에서 첫 번째로 싫어하는 사람인 유미도에게?

트럭은 멀리까지 가는지 멈추지 않고 계속 달렸다. 어둠 속에서 토마토들이 우리를 조용히 지켜보고 있었다. 나는 한참 동안 이리저리 눈알을 굴리며 고심한 끝에 입을 열었다.

"나는…… 미워하는 사람을, 토마토로 만들 수 있는 능력이 있어."

유미도가 눈을 동그랗게 뜨며 되물었다.

"토마토?"

유미도는 커다란 눈을 둥글게 접으며 외쳤다.

"완전 멋지잖아!"

*

이 이상한 능력을 처음 알게 된 건 초등학교 5학년, 딱 열두 살이었을 때다. 그때 우리 집에는 할머니가 함께 살았다. 아흔 살이 넘은 할머니는 거실 소파에 늘 따개비처럼 붙어 있었는데, 채널조차 돌리지 않고 그냥 틀어진 화면을 온종일 바라보았다. 할머니가 가장 많이 하는 말은 '내가 빨리 죽어야 하는데'와 '어멈아' 두개였다. 할머니는 아빠의 엄마면서 늘 아빠가 아닌 엄마를 찾았다. 아빠가 몇날 며칠 출장을 가도 근황 한번 묻지 않으면서 엄마는 저녁 식사 시간에 조금이라도 늦으면 아주 난리가 났다. 가끔은 할머니가 이 세상 그 누구보다도 엄마를 사랑하는 것처럼 느껴질 정도였다.

할머니의 그 기묘한 여자 사랑은 손주들에게도

이어졌는데, 이를테면 연년생인 남동생은 숙제를 끝내지 않아도 나가서 놀게 해 주면서 나는 숙제를 다 끝낼 때까지, 끝낸 후에는 안마를 해 달라거나 차를 타 와 달라거나 하며 어떻게든 붙잡아 두는 식이었다. 덕분에 지금도 남동생은 돌아가신 할머니를 '자비로운', '인자한', '상냥한' 등등의 수식어로 기억한다. 그에 비해 내가 떠올리는 표현은 '까탈스러운', '제멋대로인', '고집불통' 등이다. 남동생과 이야기하다 보면 우리가 같은 어린 시절을 보냈는지 의심스러워진다.

사건은 다름 아닌 유미도의 열두 살 생일날에 벌어졌다. 한 동네에서 우리 집은 토마토 농장을, 십 분 거리의 유미도네 집은 목공소와 대형 카페를 한다. 부모님들끼리 친한 데다가 어쩌다 보니 같은 유치원과 초등학교를 졸업해 우리는 종종 동네 친

구로 묶인다. 하지만 남들이 보기에 그렇다는 거지, 막상 우리는 그리 친하지 않았다. 어른들이 쉽게 착각하는 한 가지, 본인들이 친하면 당연히 자식들끼리도 친한 줄 안다는 거다.

나와 유미도는 절대 친해지기 힘든 부류다. 일단 성격이 달라도 너무 다르다. 유미도는 반 인기 투표에서 일등을 차지힐 만큼 활달하고 친구도 많은 반면 나는 담임 선생님조차 가끔 내 존재를 깜빡할 만큼 존재감이 없다. 비슷하게 조용하고 부담스럽지 않은 동류들과 함께 다니는 나와는 달리 유미도는 미국 하이틴 드라마에 나오는 캐릭터처럼 아무나에게 쉽게 말을 걸고, 누구와 있어도 재밌게 대화를 이끌어 간다. 게다가 영어 회화도 잘해서 상도 많이 탔다.

그에 비해 나는 낯을 엄청 가린다. 얼굴에 표정

도 거의 없고, 친하지 않은 상대가 말을 걸면 얼음처럼 굳어서 '응? 아, 그게'만 겨우 반복한다. 이렇게 뻣뻣하니 당연히 영어 회화를 잘할 리가 없다. 문법과 독해는 그럭저럭 하는 편이지만 입으로 소리 내서 말할 때 특유의 제스처나 추임새를 따라 하는 스스로가 민망하게만 느껴진다. 학원 원어민 강사 마이클은 내 지루한 자기소개를 듣더니 가련한 길고양이를 바라보는 표정으로 조언했다.

"레이철, 옆 반 테일러와 친구죠? 테일러가 하는 걸 따라해 보세요. 도움이 될 겁니다."

레이철은 학원에서 임시로 정한 내 영어 이름이고, 테일러는 당연히 유미도를 가리킨다. 팝 가수 테일러 스위프트에서 따온 이름이다. 유미도는 영어 가사로 된 테일러 스위프트의 노래들을 줄줄 외울 만큼 좋아하는 반면 나는 케이 팝 아이돌 노래가 좋다. 우리는 취향마저도 겹치지 않는다는 말이다. 그러니 친하지 않을 수밖에.

심지어 착하기까지 한 유미도는 자신의 열두 살 생일날 소외되는 친구들이 없도록 반 전체를 초대했다. 아빠가 운영하는 카페의 뒷마당에서 테일러 스위프트의 노래를 틀어 놓고 외국 영화 속 주인공들처럼 가든파티를 할 계획이라고 했다. 수변에서 다른 친구들이 손뼉을 치며 환호하는 소리가 들려왔다.

"우와, 가든파티라니! 나 그런 거 처음 해 봐. 역시 미도가 하는 건 다 세련되고 멋있어."

착하고, 세련되고, 예쁘고, 모두가 좋아하는 유미도. 우리는 같은 동네에 사는데 도마윤은 '토마토 농장 개'고, 유미도는 '유미도'다. 나는 왜인지 그 간극이 수치스러웠다. 선물은 챙겨 오지 않아도

된다고 적힌 수제 초대장을 받아 들며 나는 속이 부글부글 끓었더랬다. 그래도 기어들어 가는 목소리로 답했다.

"선물은 챙겨야지. 초대해 줘서 고마워."

*

결과적으로 나는 가든파티에 가지 못했다. 유미도에게 주려고 샀던 키링도 직접 건네주지 못했다.

파티가 예정된 토요일 아침, 토마토 농장에 문제가 생겼다. 토마토를 기를 때는 일정한 온도 이하로 내려가지 않도록 해 줘야 하는데 하필 비닐하우스 난방 시설이 갑자기 고장난 것이다. 아빠는 배달하러 서울로 떠난 후였고, 그나마 가까운 곳에 사는 친인척들은 연락이 되지 않았다. 엄마는 나와 남동생에게 거동이 불편한 할머니를 맡겨 놓고 점심시간 전에 돌아오겠다며 집을 나섰다. 할머니는 허리 수술을 한 이후로 합병증이 생겨 보행 보조기 없이는 걸음을 내딛는 것조차 힘들어했다. 바깥 활동이 적어지자 갑작스레 치매 증상이 생겨서 시외의 요양원을 알아보는 중이었다. 어쨌든 할머니가 집에 있는 동안 옆에서 끼니와 약을 챙기고 움직임을 도울 사람이 필요했다. 아무래도 부모님은 농장 일이 바쁘고, 간병인을 쓰는 데에도 한계가 있으므로 그 역할을 내가 종종 도맡곤 했다. 생일 파티에 늦을까 봐 초조했지만, 떼를 쓴다고 상황이 해결되는 것도 아니라 엄마를 기다릴 수밖에 없었다. 그리고 당연히, 엄마는 점심 전에 돌아오지 않았다.

거의 다 고쳤어, 마윤아.

두 시 전에는 꼭 갈게. 할머니 약 드렸지?

지금 시간은 열두 시 삼십오 분. 초대장에 적힌 파티 시작 시간은 한 시였다. 점점 초조함을 넘어 짜증이 났다. 유미도의 생일을 꼭 축하해 주고 싶다기보다, 거기서 얻을 수 있는 소속감과 은밀한 유대감을 놓치게 될까 불안했다. 동생 도마준은 한 시간 전부터 자기 방에 틀어박혀 게임을 하는 중이었다. 약도 드렸으니 할머니를 이후엔 동생에게 맡겨도 되지 않을까, 생각했을 때 방문이 열리고 나갈 채비를 마친 동생이 걸어 나왔다.

　"너 어디 가?"

　"친구 생일 파티. 오늘 우혁이 생일이야."

　"뭐? 나도 오늘 친구 생일 파티 있어! 너만 나가는 게 어딨어? 할머니는 어쩌고?"

　"할머니가 놀고 와도 된다고 했거든! 엄마도 누나한테 맡기고 다녀오랬어. 나 간다!"

동생은 붙잡힐세라 도망치듯이 집을 뛰쳐나갔다. 문이 쾅 소리를 내며 닫히자 집에는 나와 할머니 둘만 남았다. 할머니는 들리지 않을 만큼 작게 무슨 소리를 중얼거리며 물끄러미 텔레비전을 바라볼 뿐이었다.

나는 억울했다. 울고 싶을 만큼 억울했다. 왜 쟤는 가고 나는 못 가? 내가 한 살 많은 누나라? 맨날 누나니까 양보하라고, 책임감 있어야 한다고만 한다. 동생이 어리광 부리는 건 당연한데 내가 그러는 건 용납되지 않았다.

시간은 성실히 한 시를 향했다. 엄마에게 전화를 걸었다. 한참이 지나서야 통화가 연결되었다. 엄마는 피곤에 찌든 목소리로 노력하고 있으니 기다리라고만 했다. 내가 칭얼거리자 한숨을 쉬며 어쩔 수 없지 않냐고 화를 냈다.

"나도 오늘 유미도 생일 파티 있다고 했잖아. 왜 나만 못 가는데!"

"그래서, 사이좋게 둘 다 생일 파티 가지 말았어야 한다는 말이야? 네가 누난데 그것도 이해 못 하면 어떡해?"

나는 불쑥 서러워져서 전화를 끊고 소파에 앉아 울었다. 그에 텔레비전을 보던 할머니가 들으란 듯이 말했다.

"마준이 내가 나가서 놀라고 했다. 원래 남자애들은 집 안보다 밖에서 크는 거야. 어멈한테는 내가 잘 말할 테니까 너도 나가고 싶으면 나가서 놀아라."

할머니 딴에는 나를 위로하려고 한 말이라는 걸 안다. 하지만 정말 할머니만 두고 나가면 나중에 나만 혼날 게 뻔했다. 이미 도마준은 떠났고, 선택

토마토로
만들어 줘

지는 한정적이다. 할머니의 말에 오히려 설움은 더 커졌다. '원래' 그런 게 어딨어? 이 상황에서 억울하면 너도 나가라고 하는 게 무슨 소용이야.

생각해 보면 늘 그랬다. 할머니는 늘 마준이를 먼저 챙겼다. 맛있는 반찬은 꼭 도마준에게 먼저 줬다. 마트에서 과자를 살 때도 도마준이 좋아하는 과자만 샀다. 내가 좋아하는 건 생크림케이크인데, 내 생일에도 매번 도마준이 좋아하는 초콜릿케이크에 초를 꽂았다. 이런 걸로 서러워하면 어른들은 내가 철이 없고 어려서 그렇다고 치부하곤 했다. 나는 한 번이라도 우선순위가 되고 싶었다. 눈물과 함께 설움이 폭발하자 그것이 양분이 되어 내 마음의 땅에 미움이 무럭무럭 자라났다. 할머니는 말없이 훌쩍이는 나를 보며 혀를 차고는, 입에 달고 사는 그 말을 반복했다.

"이러는 꼴 안 보려면 내가 빨리 죽어야지……."

그 순간, 내 안에 거대한 미움의 열매가 맺혔다. 아주 붉고 탐스러운 빛깔의 열매였다. 도마준도, 엄마도, 하필 오늘 배달을 간 아빠도, 심지어는 가든파티를 연 유미도까지도 미웠지만……. 바로 눈앞에 있어서였을까? 할머니가 가장 미웠다. 할머니만 없었어도 아무 일도 일어나지 않았을 거란 생각이 들었다. 서러울 일도 동생을 질투하는 일도 없이 가든파티에 무사히 갔을 것이다. 할머니가 항상 하는 그 말은 꼭 내 마음을 저격하는 것처럼 죄책감까지 불러일으켰다. 나는 입술을 앙다물고서 할머니의 흰 뒤통수를 노려보았다. 속이 울렁거리고 시야가 흐려졌다. 내 안에 자라난 붉은 열매가 무르익어 점점 팽창했다.

그러다 갑자기 펑! 하고 터지는 소리가 들렸다.

나는 소리에 놀라 몸을 한껏 웅크렸다. 슬며시 고개를 들었을 때, 집 안은 그대로였다. 전자레인지와 인덕션, 전기포트나 콘센트, 텔레비전도 멀쩡했다. 달라진 건…… 할머니뿐이었다. 할머니가 앉아 있던 자리에는 오동통한 토마토 하나만 덩그러니 놓여 있었다.

"할머니?"

온 집 안을 다 뒤졌지만 할머니는 없었다. 보행 보조기도, 좀 전까지 누워 있던 이불의 모양도 그대로인데 감쪽같이 사라진 것이다. 꼭 할머니가 토마토로 변해 버린 것처럼. 당황한 나는 일단 토마토를 주워 할머니냐고 물어봤지만, 토마토가 말을 할 수 있을 리 없었다. 엄마가 오면 뭐라고 설명해야 하지? 할머니는 어디 간 거야!

벌어진 일을 믿을 수 없어서 일단 집을 나섰다.

겁에 질린 채로 정처 없이 할머니를 찾아 헤맸다. 차라리 꿈이었으면 해서 팔 안쪽을 마구 꼬집어 보았지만 아프기만 했다. 그러는 사이 마침 집에 돌아온 엄마와 길이 엇갈렸다. 엄마는 텅 빈 집에 놓인 보행 보조기를 보고 나만큼이나 당황했다. 그리고 자연스레, 내가 결국 할머니를 두고 생일 파티에 갔으며 그사이 뭔가 문제가 생긴 것이라고 판단했다.

마찬가지로 다급히 할머니를 찾아 나선 엄마와 아파트 정문에서 딱 마주쳤다. 내가 사정을 설명하기도 전에, 엄마는 잔뜩 화가 난 얼굴로 쏘아붙였다.

"도마윤 너, 할머니 혼자 두고 나갔어? 생일 파티 가려고?"

나는 당황한 나머지 손을 마구 내저었다.

"아니, 아니야! 집에서 엄마 기다리고 있있는네 할머니가 사라졌어. 내 생각에는 토마토로 변해 버린 것 같아. 정말이야!"

엄마는 당연히 그 말을 믿지 않았다. 내가 잘못을 감추기 위해 말도 안 되는 거짓말을 한다고 생각했을 테다.

"그렇게 가고 싶어 하던 생일 파티, 지금 가. 가서 마음껏 놀고 와."

엄마의 낮게 가라앉은 목소리가 도마 위 칼날이

되어 심장을 저몄다. 엄마가 차라리 소리를 지르고 화를 냈다면 그만큼 무섭지는 않았을 것 같다. 그건 나에 대한 모든 기대를 거두는 말, 그동안의 내 모든 노력을 인정하지 않겠다는 말이었다. 엄마는 울상인 나를 지나쳐 혼자 차에 올랐고, 나는 현관에 덩그러니 남았다. 시간은 오후 두 시 삼십 분을 가리켰다.

혹시나 하는 마음으로 집에 돌아갔지만 역시나 그대로였다. 나는 한동안 소파에 웅크리고 앉아 있다가, 혼자 있기 무서워져 유미도의 선물을 챙겨 들고 집을 나섰다. 어차피 파티는 끝났을 것이다. 그래도 할머니가 토마토로 변해 버린 집에서 우울을 덮고 잠드는 것보다는 어디라도 가는 게 나을 듯했다. 아직 파티가 계속되고 있을지도 모른다는 근거 없는 희망을 안은 채로, 나는 터덜터덜 걸어 유미도네 카페로 갔다.

내부는 고요하기만 했다. 문에는 '사랑하는 딸의 생일 파티로 오늘 영업은 쉽니다'라고 적힌 팻말이 걸려 있었다.

그럼 그렇지.

선물을 문 앞에 내려놓고 돌아섰을 때였다. 어디신가 화기애애한 웃음소리가 들려왔다. 유미도네 카페는 주차장 부지가 넓었다. 주차장 제일 끝 모서리, 흰색의 귀여운 캠핑카 앞에서 유미도와 미도네 부모님이 짐을 챙기고 있었다. 유미도가 뭐라고 말하자 두 사람은 크게 웃었다. 나는 그 장면을 가만히 바라보다, 초라해지는 기분이 들어 괜히 몸을 숨겼다. 지금의 나를 아무에게도 보여 주고 싶지 않았다. 유미도네 캠핑카는 금방 주차장을 빠져나가 멀리 사라졌다.

집으로 돌아오자 윤기 흐르는 토마토가 나를 반겼다.

*

"열두 살 생일, 기억 나. 한창 테일러 스위프트에 빠져 있을 때였지. 파티 후에 가족끼리 캠핑을 다녀왔는데 너희 할머니가 사라져서 동네가 시끄러웠어. 토마토로 변하셨었다니……."

유미도는 조심스레 덧붙여 물었다.

"그런데 내 기억으로는 돌아오셨던 거 같은데……."

나는 고개를 끄덕였다.

"맞아. 할머니는 무사히 돌아오셨어. 문제는 그 이후로 치매랑 합병증이 급속히 악화되셔서 두 달

만에 돌아가셨다는 거지."

그날, 엄마는 곧장 경찰서에 실종 신고를 했다. 동네 사람들 전부에게 실종자 알림이 갔다. 크지 않은 동네라 금방 찾을 수 있을 거라는 말과 달리 할머니는 밤새도록 발견되지 않았다. 오직 나만이 할머니의 행방을 알고 있었으나 아무도 내 말을 믿어 주지 않았다. 엄마와 아빠에게 잔뜩 혼나고서 침울하게 밤을 맞이한 나는 토마토를 앞에 두고 간절히 기도했다.

'할머니가 무사히 돌아오게 해 주세요. 다시는 나쁜 마음 먹지 않을게요.'

토마토가 펑! 하고 다시 할머니로 돌아오기를 바랐지만 잠잠하기만 했다. 그때, 무언가 이상한 점이 눈에 띄었다. 나는 토마토를 들어 꼭지 부근을 자세히 살폈다. 할머니가 변한 토마토는 흠집 하나 없이 매끄럽고, 덜 익어 초록색인 부분도 없었다. 그런데 눈앞의 토마토는 꼭지와 아랫면이 묘하게 푸른빛을 띠는 것이다. 모양도 조금 울퉁불퉁한 것 같았다. 안 좋은 예감에 주변을 둘러보았다. 싱크대에 설거짓거리가 쌓여 있었다. 내가 점심에 분명 설거지를 다 끝내 뒀는데. 새로 생긴 설거짓거리 중에는 연분홍색 찌꺼기가 말라붙은 미서기 컵도 있었다. 순간 섬찟한 상상이 머리를 스쳤다. 나는 당장 동생의 방으로 쳐들어갔다.

"도마준! 너 토마토주스 만들어 먹었어?"

동생은 붉은 액체가 가득 담긴 예쁜 유리잔을 뻔뻔스레 흔들었다. 입술 가장자리에 상큼해 보이는 분홍 주스가 묻어 있었다.

"응. 출출해서 토마토 두 개 넣으려다가 식탁 위에 있던 거 하나만 넣었어. 엄청 달아! 누나도 마셔

볼래?"

눈앞에 할머니와 토마토가 빙글빙글 돌았다. 나는 비명을 지르다 그대로 기절했다.

그때, 토마토가 잔뜩 나오는 꿈을 꿨다. 내용은 잘 기억나지 않지만.

정신을 차렸을 땐 병원 응급실이었다. 진단은 유행도 아닌 독감이었다. 엄마와 아빠는 내가 아프자 뒤늦게 미안해졌는지 혼낸 걸 사과했으나, 내 안의 근본적인 불안과 죄책감은 사라지지 않았다.

다행히 병원에서 나왔을 땐 모든 상황이 원래대로 돌아와 있었다. 할머니는 내가 눈 뜬 새벽, 열 번도 더 확인했던 토마토 농장 비닐하우스 구석에서 발견되었다고 한다. 어쩌다 보행 보조기 없이 그곳까지 갔는지, 무슨 일이 있었는지 아무것도 기억하지 못했다. 입을 굳게 다물고 괜한 꿈을 꿨다는 말만 반복할 뿐이었다. 나 역시 일련의 일들을 종잡을 수가 없었다. 토마토를 먹어 치우면 다시 원래대로 돌아오는 걸까?

안도한 것도 잠시, 할머니의 건강은 그날 이후로 급속히 악화되었다. 치매 증상도, 수술 부위의 합병증도 심해졌다. 도저히 집에서 보살필 수 없는 지경이 되어서 요양 병원에 들어갔건만 입원한 지 두 달 만에 유명을 달리하게 되었다.

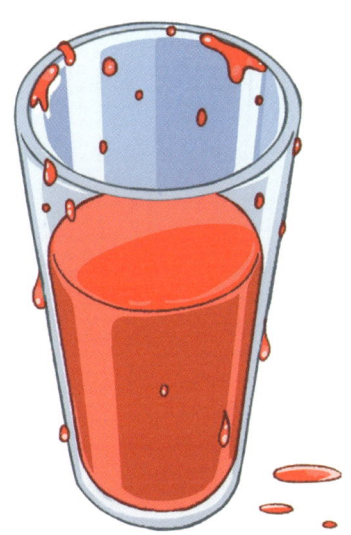

나는 그 모든 게 내 탓 같았다.

그날 이후로는 스스로의 감정을 최대한 억누르려고 노력했다. 특히 불만, 질투, 억울함처럼 언제든지 미움의 씨앗이 될 수 있는 부정적인 감정들은 애써 무시했다. 아무것도 느껴지지 않는 척, 늘 괜찮은 척. 유미도와 멀어진 것도 아마 그 때문일 것이다. 초등학생 때는 그래도 가끔 함께 하교하거나 인사는 나눴는데, 중학생이 된 이후로는 아예 남처럼 지냈다. 그게 나와 유미도, 우리 둘 모두를 지킬 수 있는 최선이었다.

나는 가끔 그날 카페 문에 걸려 있던 팻말을 떠올린다. 유미도가 부럽다. 왜 나는 유미도가 아니라 도마윤인지 종종 억울해진다. 부러움은 질투로 쉽게 이어지고, 그건 미움을 부른다. 하지만 마음은 뜻대로 조절할 수 있는 게 아니다. 아무리 개의

치 않으려고 해도 눈앞에 보이면 신경이 쓰일 수밖에 없다. 불행하게도, 나와 유미도는 같은 중학교에 진학해 무려 이 년째 같은 반이었다. 내가 작아질수록 유미도는 더욱 당당하게 빛나는 것 같았다. 매사에 자신감 있고 잘 웃는 유미도를 볼 때마다 눈이 부시는 것 같은 착각이 들었다. 그래서 늘 먼저 고개를 돌렸다. 계속 바라보고 있다가는 유미도를 토마토로 만들어 버릴 것 같았기 때문이다.

　같은 반이 되었을 때, 슬며시 다가와 인사를 건네는 유미도를 모른 척한 것도 그런 이유에서다. (그 일 때문에 나는 반에서 일명 '음침하고 싸가지 없는 애'로 낙인찍혔다.) 미움이란 괴물의 무시무시한 점은 어느 대상을 콕 찍어 원망하게 된다는 것이다. 사실 내가 고작 이런 사람인 게 유미도의 탓은 아니라는 거, 알고 있다. 그런데도 강풍에 흔

들리는 이파리 같은 마음을 어쩔 수 없다. 유미도를 최대한 무시하면서 내 마음의 붉은 토마토 폭탄이 무르익지 않도록 조심하는 게 내가 할 수 있는 전부였다. 나는 정말이지, 유미도를 토마토로 만들지 않기 위해 안간힘을 쓰고 있었다.

그런데 그걸 박은해에게 들켜 버린 거다.

*

"너, 유미도 좋아하냐?"

나를 구관 급식실 뒤편으로 불러낸 박은해가 내민 건 내 일기장이었다. 정확히는, 일기장처럼 소중히 여기는 내 태블릿PC. 사촌 언니가 신형 모델을 사면서 이전에 쓰던 걸 물려준 거다. 그 안에는 정말 내 모든 게 들어 있었다. 아이돌 직캠과 타로

카드, 오지 여행 브이로그로 가득한 동영상 알고리즘과 엄마의 아이디로 몰래 가입해서 야금야금 결제한 웹툰과 웹 소설들, 그리고 일루미나티와 랩틸리언, 지구 평평설 같은 음모론 등 별 쓰잘머리 없는 검색 기록…….

하지만 그중에서도 가장 비밀스러운 건 바로 내 비공개 블로그다. 블로그 이름은 '토마토 농장의 레이첼'. 서로 이웃 없음. 오로지 나만을 위한 비밀 일기장이다. 나는 그 안에 별별 말을 다 쓴다. 은밀한 일기장에 적는 말이 으레 그렇듯, 문장과 내용은 과하게 감정적인 데다 좋은 글보다는 우울한 내용이 더 많다. 새벽에 써 놓고 아침이면 부끄러워서 삭제한 적도 셀 수 없다. 가족 욕도 쓰고 담임 선생님 욕도 썼지만 가장 압도적인 비중을 차지하는 건 역시 유미도다. 그러니까, 그 블로그는 아기

자기하게 꾸민 나만의 쓰레기통에 가깝다. 혼자 추스르지 못한 감정의 찌꺼기들, 내 내면의 밑바닥이 가는 곳. 그게 왜 박은해의 손에 들어갔는지 모를 일이었다.

"훔친 건 아니니까 착각하지 마. 난 이게 진짜 내 건 줄 알았다고. 하필 배경 화면까지 같을 게 뭐야."

아무래도 4교시 수행평가 때문에 전자기기를 모두 제출했을 때 돌려받는 과정에서 박은해의 것과 뒤바뀐 것 같았다. 나는 부랴부랴 내 가방 속의 태블릿PC를 꺼냈다. 기종도, 커버 색깔도, 배경 화면까지 모두 같았다. 박은해가 쑥스러워하면서 말했다.

"나 여기 전학 와서 '마왕님과 열등생' 보는 사람 처음 봤어. 그 배경 화면, 얼마 전에 작가님이 마왕님 생일 기념으로 배포한 거잖아. 난 웹툰 엄청 좋아하는데 여기 애들은 많이 안 보는 거 같아서 아쉬웠거든."

'마왕님과 열등생'은 요즘 내 삶의 활력소가 되는 웹툰이다. 같은 취향의 친구를 만나 반가운 것도 잠시, 끔찍한 상상이 스쳤다. 설마.

"네 것도 비밀번호 240320이야? 마왕님 생일이자 연재 시작일?"

박은해가 고개를 끄덕였다. 나는 겁에 질려 물었다.

"어디까지 봤어? 블로그도…… 봤어?"

박은해는 시선을 피하며 기어들어가는 목소리로 대꾸했다.

"난 진짜 내 건 줄 알았다니까. 비밀번호 넣자마자 낯선 블로그가 뜨길래 뭔가 싶어서 본 거야. 그리고 별 내용 없던데, 뭐."

"왜 남의 블로그를 엿봐!"

나도 모르게 소리를 질러 버렸다. 마지막으로 적은 블로그 글을 떠올리자 눈앞이 하얘졌다. 그건 유미도에 관한 글이었다. 유미도를 토마토로 만들지 않기 위한 나의 오랜 노력 중 하나는, 바로 블로그에 유미도의 단점을 잔뜩 적어 놓고 마지막 문장으로 '그래도 난 유미도가 좋다. 유미도를 미워하지 않는다'라는 거짓말을 적어 내 마음을 속이는 것이다.

'유미도의 미간에 뾰루지가 났다. 유미도가 부반장이랑 싸운 것 같다. 은근 고집불통임. 유미도가 새로 산 후드집업 사실 안 어울린다. 그래도 난 유미도가 좋다.' 이런 식이다. 내 안의 유미도를 향한 미움은 유미도가 부러워서 발생한 거니까, 반대로 하나도 부럽지 않은 단점을 찾아낸 뒤 '좋아한

BLOG
유미도의 미간에 뾰루지가 났다. 유미도가 부반장이랑 싸운 것 같다.
은근 고집불통임. 유미도가 새로 산 후드집업 사실 안 어울린다.
그래도 난 유미도가 좋다.
유미도 짜증난다.
..유미도 바보.
유미도 오늘 수학 시간에 조는 거 다 봤다.ㅋㅋ
유미도가 왜 이렇게 신경 쓰이지?

다'라는 표현으로 마무리하면 순간적으로 치솟는 나쁜 마음을 억누를 수 있었다. 흔히들 말에는 힘이 있다고 하니까.

물론 그냥 욕만 적어 놓은 페이지도 있었다. 도저히 유미도의 단점이 떠오르지 않는 날에는 '짜증 나! 사실 전부 내 문제다'라고 적었다. 박은해가 서기까지는 보지 않았을 테지만 내 치부를 타인에게 들켰다는 생각에 토할 것 같은 기분이 들었다. 손끝이 차갑게 식고 머릿속은 맹렬히 작동하는 믹서기 속 토마토처럼 휘몰아쳤다. 박은해가 눈치 없이 변명했다.

"딱 그 글만 봤어! 처음엔 안 좋은 내용만 가득해서 네가 질투하는 건가 싶었는데 마지막 줄에 미도가 좋다고 써 있는 거야."

질투라는 단어에 얼굴이 화르륵 달아올랐다. 정

곡을 찔려 도망치고만 싶었다. 박은해는 한 발 앞으로 다가와 내 어깨에 손을 올리고는 말했다.

"생각해 보니 그 안 좋은 내용도, 미도를 항상 바라보고 있지 않으면 알 수 없는 내용이더라고. 난 미도가 후드집업 새로 산 줄도 몰랐거든."

유미도의 커다란 눈과 다른, 박은해의 반달 같은 눈이 미세먼지 없는 날의 밤하늘처럼 반짝거렸다.

"도마윤, 너 미도랑 사실 친해지고 싶은 거지? 내가 도와줄까? 실은 미도도……."

눈앞이 빙글빙글 돌았다. 내 민낯을 훔쳐본 것도 모자라서 나와 유미도를 엮어 주겠다고? 끔찍한 오지랖이었다. 나는 나도 모르게 다가온 박은해를 확 밀치며 외쳤다.

"싫어! 누가 걔가 좋대?"

바닥에 넘어진 박은해가 눈썹을 구기며 나를 올

려다보았다. 도통 이해가 안 된다는 얼굴이었다.

"왜 사람을 밀어! 난 그냥 우리 셋이 친해지면 좋을 것 같아서 한 말인데. 애들이 네가 이상하다고 하는 이유를 알겠어. 너 진짜 이상해."

그 순간, 머릿속에 온갖 상상이 펼쳐졌다. 박은해가 유미도나 반 아이들에게 내 블로그 글을 말하고 다니면? 유미도가 나에게 와서 따지면? 반 아이들 모두가 내가 유미도를 좋아하거나 질투한다고 알게 되면? 심장이 너무 빠르게 뛰어서 숨이 잘 쉬어지지 않을 지경이었다. 차라리 그렇게 심장마비가 와서 죽어 버리는 게 나을 것 같았다. 엉덩이를 털고 일어난 박은해가 돌아서서 떠나려 했다. 나는 그런 박은해를 붙잡지도 못하고, 속으로만 생각했다. 멋대로 내 비밀을 엿본 박은해가 눈앞에서 사라지면 좋겠다고. 내 비옥한 미움의 땅에 또 붉은

열매가 부풀어 올랐다. 그러다 끝내 펑! 하고 터져
버렸다.

　이런 사정을, 유미도에게 말할 수는 없었다.

*

　　　"네 말은, 박은해가 네 비밀 블로그 글을 봐 버
　　　렸고 너는 그게 너무 창피해서
　　　무심결에 박은해가 사라졌으
　　　면 하고 바랐다는 거야? 그
　　　러다 진짜 토마토로 변해
　　　버린 거고."

유미도는 이런 상황에도 꽤 침착했다. 나는 고개를 끄덕였다.

"지금 중요한 건 박은해를 원래대로 돌아오게 하는 거야. 영영 돌아오지 않으면 큰일이잖아. 전에 동생이 할머니 토마토를…… 갈아 마신 후에 할머니가 돌아왔다고 했지?"

"응. 히지만 잘 모르겠어. 일정 시간이 지나서 원

래대로 돌아오신 건지, 아니면 토마토주스를 만들
어 먹어서 돌아오신 건지……."

나는 겁에 질린 목소리로 횡설수설했다.

"저번처럼 토마토주스를 만들어서 돌아온다면
다행이지만, 그게 옳은 방법이 아니라면? 우리 집
에는 늘 토마토가 쌓여 있단 말야. 동생이 갈아 버
린 토마토는 그냥 다른 토마토였고, 할머니 토마토
가 유지되어서 다시 돌아올 수 있었던 거라면? 주
스로 만들어 버렸는데 돌아오지 않으면 정말 방법
이 없는 거잖아."

내가 무슨 짓을 저지른 거야. 너무 무서워서 눈
물이 났다. 우리가 타고 있는 트럭이 덜그럭거렸
다. 속도가 전보다 느려진 게 목적지에 도착한 것
같았다. 유미도는 훌쩍이는 내 등을 부드럽게 토닥
이며 덤덤히 말했다.

"너무 걱정하지 마. 은해 잘 돌아올 거야. 그나저나 의지와 상관없이 상대를 토마토로 만들어 버리다니, 생각보다 엄청 무시무시한 능력이잖아."

그러고는 박은해였던 토마토를 들어 요리조리 돌려 보며 덧붙였다.

"너도 참 힘들었겠다. 자기 마음을 마음대로 조질할 수 있으면 그게 사람이야? 로봇이지. 너무 스스로를 탓할 필요 없어."

유미도의 말에 심장이 쿵, 아주 무겁게 떨어졌다. 콩콩콩이 아니라 쿠웅, 쿠웅, 하고 뛰었다. 그동안 모두가 장난으로 치부하던 내 비밀을 다른 누구도 아닌 유미도가 인정하고 이해해 주었다는 사실이 아이러니하게 다가왔다. 눈물은 멈추기는커녕 폭포수처럼 쏟아져 나왔다. 동시에 스스로가 더욱 초라하게 느껴졌다. 내가 박은해와 다툰 이유도 모르고 마냥 나를 위로하는 유미도에게 미안한 마음이 들었다.

다름 아닌 이런 점이 내가 유미도를 싫어하는 이유였다. 유미도의 매끄럽고 반짝이는 태도는 내 울퉁불퉁함을 모른 척할 수 없게 하니까. 동그랗고 예쁜 토마토 옆에 놓인 못난이 토마토는 비교될 수밖에 없으니까. 어쩌면 나는 유미도를 싫어하는 만큼, 혹은 그보다 훨씬 스스로를 미워하는 것 같다. 하지만 아직 사실대로 말할 수 없었다.

"일단 은해를 원래대로 돌려놓으면, 김주용 그 자식도 꼭 토마토로…… 어?"

바로 옆에서 말하는 유미도의 목소리가 점점 멀어졌다. 달리는 트럭의 진동과 젖은 종이박스 냄새도 희미해졌다. 갑자기 공중에 붕 뜨는 듯한 기분이 들었다. 어라?

팡! 하는 폭발음이 사방에서 들려왔다. 어디서 불꽃놀이를 하나 싶었는데 눈앞에서 폭죽이 터졌다. 여기는 트럭 짐칸이라 그럴 리가 없는데도. 나는 유미도의 목소리를 마지막으로 총천연색 꿈으로 빨려 들어갔다.

"도마윤! 이 토마토 너야? 갑자기 변하는 게 어딨이!"

유미도에게 용서를 구하고 싶다는 생각이 들었다. 이대로 영영 원래대로 돌아갈 수 없을지도 모른다. 내 비공개 블로그 글은 영원히 자물쇠로 잠겨 있을 테고, 유미도는 내 못난 마음과 추잡한 글들을 모르겠지만……. 그러고 싶었다.

그때 문득 벼락같이, 내가 토마토로 변한 후 덩그러니 남을 가방이 떠올랐다. 그 안에 들어 있는 태블릿PC와 박은해가 토마토로 변하기 전 했던 말도.

'난 그냥 우리 셋이 친해지면 좋을 것 같아서 한 말인데.'

왜 셋이었을까?

*

미도는 조금 전까지 도마윤이었던 토마토를 물끄러미 바라보았다. 손끝으로 톡톡 건드려도 보았지만 그것은 영락없는 토마토였다. 아주 울퉁불퉁하고 못생긴 데다 곳곳에 멍이 든 토마토. 솔직히 맛없게 생겼다. 당황한 미도는 손에 쥐고 있던 박은해와, 바닥의 도마윤을 번갈아 응시하다 둘 모두 후드집업 주머니 안에 쏙 집어넣었다. 다른 토마토들과 섞이면 곤란해진다. 얼마 전 새로 산 후드집

업은 잘 익은 토마토처럼 발랄한 다홍색이었다. 뒤늦게 마윤이 있던 자리에 남은 가방이 눈에 띄었다. 급히 도망치느라 제대로 닫지도 못했는지, 반쯤 열린 지퍼 틈새로 마윤이 애지중지한다는 태블릿PC 모서리가 튀어나와 있었다.

'그러니까, 이 모든 일이 블로그의 비밀 글 때문에 벌어졌다는 거지. 궁금하다!'

미도는 눈을 가늘게 뜨고서 가방을 노려보았다. 그러다 고개를 내저었다. 아무리 궁금해도, 친구의 비밀을 엿보는 건 예의가 아니다. 어차피 태블릿PC 비밀번호도 모르…… 잠깐.

'마왕님과 열등생 배경 화면?'

갑작스레 트럭이 멈춰 섰다. 목적지에 도착한 것 같았다. 짐칸 문이 열리더니 엷은 빛이 새어 들었다. 짐칸 구석에서 움직이는 그림자를 발견한 마윤의 아버지가 비명을 질렀다.

"미, 미도 학생이야? 왜 그 안에 있어!"

"친구랑 장난치다가 갇혔어요. 죄송해요!"

미도는 벌떡 일어나, 마윤의 가방을 챙겨 짐칸에서 뛰어내렸다. 영문을 알 리 없는 마윤의 아버지를 뒤로하고 달렸다. 마윤이 토마토로 변했다는 사실은 아직 알리지 않는 게 좋을 것 같았다.

*

으음, 여기가 어디지?

마윤의 눈앞에 커다란 토마토 가족사진이 걸려 있었다. 정장 차림의 엄마 토마토, 등산복 차림의 아빠 토마토, 턱받이를 한 아기 토마토가 나란히 찍힌 사진이 고급스러운 금색 액자틀 안에 다소곳

토마토로
만들어 줘

이 담겨 있었다. 곧 문이 열리고 앞치마를 입은 아빠 토마토가 걸어 들어왔다.

"미도야, 일어났니? 열두 살 생일을 축하해, 우리 딸!"

토마토가 나를 향해 사랑한다고 외쳤다. 토마토는 입이 없는데 어떻게 말을 하지? 아니, 그보다 왜 나를 미도라고 부르는 걸까? 침대에서 튀어나와 거울 속 모습을 확인했다. 그 안에 들어 있는 건……. 도마윤도 유미도도 아닌, 토마토였다. 아주 울퉁불퉁하고 못생긴 토마토다. 마치 거울에 비친 게 누구인지는 중요하지 않다는 듯이.

당황한 나는 방 풍경을 살펴보았다. 눈을 떴을 때부터 묘하게 익숙한 느낌이라고 생각했는데, 기억이 났다. 이곳은 열두 살 때까지 종종 놀러 왔던 유미도의 방이었다. 아늑한 원목 침대와 흰색 린넨

커튼, 그리고 창밖으로 멀리 보이는 우리 토마토 농장 풍경을 보니 분명했다. 나는 지금, 토마토의 모습을 한 유미도인 것이다.

"우리 미도, 아빠가 가든파티 열심히 준비하고 있어. 마윤이도 온다고 했지? 오랜만이네. 최고의 생일 파티가 되면 좋겠다."

앞치마를 입은 투마토가 통통 튀어 문을 나섰다. 일력이 악몽 같은 그날을 표시하고 있었다. 유미도가 되고 싶은 내 마음을 반영한 공간인 걸까? 모두가 토마토인 거야? 그럼, 이 세계에서 도마윤은 누구지? 토마토인 몸을 통통 움직여 문 앞으로 다가갔다. 토마토로 변한 후 이곳에 왔다는 건, 내가 토마토로 변하게 한 다른 사람도 이곳에 있을 수 있다는 뜻 아닐까. 박은해도 이 세계 어딘가에 있을지 모른다.

유미도의 방문을 힘껏 밀어 열었다. 그 너머에 나타난 건 뜬금없이 우리 집 거실이었다. 시공간이 온통 뒤죽박죽인 게 얕은 잠에 꾸는 꿈 같았다. 시점이 식탁 옆 바구니 안에 든 토마토 한 알로 바뀌더니, 안쪽 풍경이 보였다. 무릎에 고개를 파묻고 우는 어린 내게 할머니가 뭐라고 말을 하고 있었다.

'마준이 내가 나가서 놀라고 했다. 원래 남자애들은 집 안보다 밖에서 크는 거야.'

다시 들어도 서러운 말이었다. 열두 살의 내가 고개를 들었다. 그런데 얼굴이 나와 달랐다. 이제 보니 할머니도 얼굴이 묘하게 달랐다. 어라, 누구지? 펼쳐지는 장면은 분명 내가 겪었던 일이 맞았다. 나는 두 사람의 얼굴을 면밀히 관찰했다. 그러다 깨달았다. '나'와 '할머니'가 뒤바뀐 것이다. 열두 살 아이의 얼굴은 오래전 앨범에서 본 할머니의 어린 시절을 꼭 닮았다. 그리고 '할머니'의 얼굴은 꼭 나이 든 나 같았다. 열두 살이 된 할머니와 아흔 살이 된 도마윤이라니, 심지어 내가 할머니에게 그토록 듣기 싫었던 말을 마구 내뱉고 있다.

이게 뭐야! 기분이 이상해진 나는 토마토 몸을 데굴데굴 굴려서 바구니를 빠져나갔다. 그렇게 아주 오래 구르자 이번에는 별안간 몸이 어딘가에 부딪혔다. 정신이 든 곳은 구관 급식실 뒷마당이었다. 근처 물웅덩이에 내 모습이 비쳐 보였다. 급식판에서 탈출한 후식 방울토마토가 된 것 같았다. 내 앞에 버티고 있는 건 누군가의 커다란 다리였다.

'박은해?'

이 장면은 박은해를 토마토로 만들기 직전이다. 나와 박은해가 마주 보고 있었는데, 이번에도 묘한 위화감이 끼쳤다. 나와 박은해의 위치가 달랐다.

의도치 않게 블로그 글을 봐 버렸다며 오지랖을 부리는 쪽이 나, 협박이라도 당한 듯 움츠러든 쪽이 박은해인 것이다. 박은해는 그때의 나처럼, 겁에 질린 얼굴로 외쳤다.

'싫어! 누가 개가 좋대?'

하지만 스스로도 왜 그런 말을 내뱉는지 모르겠다는 표정이었다. 그쯤 되니 어떤 가정이 떠올랐다. 내가 토마토로 만들어 버린 사람들은 이 뒤죽박죽 꿈 같은 세상에서 '도마윤'이 되는 형벌에 처해지는 것 아닐까? 내가 되는 게 벌이라고? 내가 뭐 어때서!

나는 바닥에 굴러다니는 한낱 방울토마토의 몸으로 힘껏 외쳤다.

"박은해! 나 도마윤이야. 전부 내 잘못이야. 토마토로 만들어 버려서 미안해. 여기서 같이 나가자! 내 목소리 좀 들어 줘!"

하지만 박은해에게는 내 목소리가 닿지 않는 것 같았다. 나는 작고 작은 방울토마토였다. 박은해가 밟으면 찍, 하고 터져 버릴게 분명한. 도마윤이 된 박은해는 고개를 숙이고서 혼란스럽다는 듯 혼잣말을 중얼거렸다. 다행히 박은해의 목소리는 내게 고스란히 닿았다.

"뭐가 어떻게 된 거야. 왜 나랑 도마윤이 바뀐 거지? 왜 이렇게 두려운 기분이 드는 건데. 손이 떨리고 속은 울렁거려. 눈앞의 도마윤이 사라졌으면 좋겠어. 이거, 그때 도마윤이 느낀 감정이려나?"

나는 포기하지 않고 박은해의 신발 코끝에 몸을 부딪혔다. 그 몸부림이 헛수고는 아니었는지 박은해가 내 쪽을 내려다보았다.

"이 방울토마토는 또 뭐야."

박은해가 드디어 나를 발견했다. 나는 다시 있는 힘껏 박은해를 불렀다. 박은해가 거대한 손가락을 뻗어 왔다. 그 순간 철벅, 하고 질척한 것이 내 위로 떨어졌다. 무척 익숙한 향이 나는…… 분홍색 액체. 손을 거두고 콧잔등에 떨어진 액체의 정체를 확인한 박은해가 나를 대신해서 외쳤다.

"토마토주스?"

박은해는 내게 뻗었던 손을 거두어 머리를 가리면서 하늘을 올려다보았다. 하늘은 잘 익은 토마토 같은 붉은 색이었다. 한 방울 두 방울씩 떨어지던 토마토주스가 폭우처럼 내리기 시작했다. 그것은 순식간에 박은해의 발목에서 허리까지 차올랐다. 박은해가 허우적거리며 비명을 질렀다.

"이 괴상한 꿈은 도대체 뭐냐고!"

나와 박은해는 토마토주스 강에 둥둥 떠서 어딘

가로 흘러갔다. 거대한 소용돌이를 만나 빙글빙글 회전하다 어느 순간 까무룩 정신을 잃었다.

*

다시 눈뜬 곳은 토마토 나무가 무성히 자란 비닐하우스 한복판이었다. 실종되었던 할미니가 하루 만에 발견된 장소기도 했다. 나는 지끈거리는 머리를 매만지며 간신히 상체를 일으켰다. 어라, 상체? 서둘러 내 몸을 확인했다. 손가락도 다리도 그대로였다. 방울토마토가 아닌, 분명 인간 도마윤의 몸이었다. 발끝에 무언가 걸린다 싶었는데, 다름 아닌 박은해의 머리였다. 전부 원래 모습으로 돌아온 것이다.

나는 서둘러 박은해를 흔들어 깨웠다. 박은해도

나처럼 인상을 잔뜩 찌푸리며 눈을 떴다.

"토마토주스가 비처럼 내려…… 여, 여기는 또 어디야."

우리 둘 다 무사히 돌아왔다는 기쁨에, 나도 모르게 박은해를 꽉 껴안았다. 박은해가 기겁하며 나를 밀쳤다.

"도마윤? 우리 분명 급식실 뒤쪽에서 이야기하고 있었잖아. 나 왜 여기에 쓰러져 있는 거야? 납치당한 건가?"

내가 입을 열기도 전에, 저 멀리 서 있던 누군가 큰 보폭으로 다가왔다. 다분히 화가 난 걸음걸이였다. 나는 왠지 모를 불길함을 느끼며, 우리 앞에 다가와 장승처럼 버티고 선 유미도를 올려다보았다. 내가 블로그에 촌스럽다고 쓴 다홍색 후드집업을 걸치고 커다란 텀블러를 든 유미도. 어깨에

메고 있는 건 내 가방이었다. 유미도가 굳은 얼굴로 무릎을 굽히고 앉아 내게 눈을 맞췄다. 텀블러 안에 가득 든 토마토주스에서 달콤하고 향긋한 냄새가 폴폴 풍겼다. 유미도는 아마도 부모님의 카페에서 가져왔을 스무디용 두꺼운 빨대를 잘근잘근 씹으며, 내 앞으로 무언가를 내밀었다.

그것은 나만의 비밀 일기장, 태블릿PC였다. 유미도는 보란 듯이, 배경 화면을 두드려 비밀번호 240320을 입력했다. 더없이 서늘한 무표정으로.

"비, 비밀번호를 어떻게……."

그 말에는 박은해가 대신 답했다.

"미도도 '마왕님와 열등생' 팬이야. 그래서 셋이 친해지면 좋겠다고 생각한 거라구……."

어느새 눈앞에는 나의 민낯을 담은 블로그의 글 목록이 주르륵 놓여 있었다. 유미도는 지금껏 들어

본 적 없는 차가운 목소리로 말했다.

"레이철 너, 내 욕 엄청 많이 했더라."

머릿속에 하얀 불이 났다. 연기와 열기가 가득해서 아무 생각도 들지 않았다. 토마토에서 원래대로 돌아온 지 얼마나 되었다고, 유일하게 위로받은 상대를 상처 입혔다는 사실에 다시 사라지고만 싶었다. 유미도는 아랫입술을 꽉 깨물며 나를 노려보았다. 토마토주스가 든 텀블러가 바닥에 떨어졌다. 흙바닥을 적시는 진한 분홍색의 액체가 꼭 피처럼 느껴졌다.

"내 후드집업이 뭐 어때서? 난 이 색이 마음에 들어. 미간에 뾰루지도 거의 나았어."

"미, 미안해. 유미도."

유미도의 얼굴에 배신감이 가득했다. 미도는 도저히 모르겠다는 얼굴로 물었다.

"기분이 더러워. 너 꼴도 보기 싫어. 그런데 도저히 이해가 가지 않아서 답답한 부분이 있어. 왜 내 단점을 줄줄이 적어 놓고는, 마지막에는 나를 좋아한다고 쓴 거야?"

"그건……."

나는 쉽게 입을 떼지 못하고 어물거렸다. 유미도의 한숨이 맹독처럼 혈관을 타고 전신에 퍼졌다. 벼랑 끝에 몰린 나는 심호흡과 함께 눈을 질끈 감았다. 그래, 어쩌면 지금이야말로 제대로 사과할 수 있는 마지막 기회인지도 몰라.

토마토로 변하기 직전, 나는 유미도에게 용서를 구하고 싶다고 생각했다. 나는 내게 가장 필요한 말을 해 준 사람에게 솔직해져야 한다는 걸 알고 있었다. 그리고 이제는, 다른 사람이 되고 싶다거나 누군가가 너무 밉다거나 하는 마음에서 벗어나고 싶었다. 트럭 안에서의 유미도처럼 누군가에게 꼭 필요한 말을 선뜻 건네는 사람이 되고 싶었다.

"난 사실 아주 오래전부터 네가 부러웠어. 너무 너무 부러워서 네가 되고 싶었어. 내가 가지지 못한 걸 가진 네가 너무 미워서, 토마토로 만들어 버릴까 봐 그동안 일부러 널 피하고 욕한 거야…….
네 단점을 발견하면 부러운 마음을 조금 죽일 수 있었거든. 그렇게 잔뜩 욕해도 마지막에 널 좋아한다고 쓰면 죄책감도 덜고 스스로를 착각하게 할 수 있었어. 그런데 이제는 그러지 않을래. 난 사실 너랑 친구가 되고 싶어. 정말 미안해……."

나는 할머니의 일과 블로그에 은밀한 글을 적기까지의 흐름을 더듬더듬 설명했다. 가까스로 모든 이야기를 끝마쳤을 때, 비닐하우스 안팎은 온통 어두웠다. 태블릿PC가 가리키는 시간은 어느덧 저녁 여덟 시였다. 나와 유미도, 얼결에 덩달아 전말을 알게 된 박은해의 주변을 향긋한 흙냄새와 푸른 토마토 나무가 고요히 에워싸고 있었다. 나는 차마 유미도의 얼굴을 바라볼 용기가 나지 않아 애꿎은 나무 너머를 응시했다. 비닐 벽 너머로, 익숙한 트럭 실루엣이 비닐하우스 옆에 멈춰 서는 게 보였다. 헤드라이트가 환히 빛났다. 이어서 뒤따라온 몇 대의 차들도 하나둘 멈춰 섰다. 어른들이 우리를 찾으러 온 것 같았다.

"도마윤."

그제야, 나는 조심스레 유미도의 얼굴을 마주 보았다. 미도는 여전히 복잡한 듯한 표정이었지만, 처음보다는 한결 누그러진 것처럼 보였다. 유미도가 예쁜 눈을 두어 번 깜빡였다. 나는 숨조차 쉬지 못하고, 어둠 속에서도 도드라지는 긴 속눈썹을 바

토마토로
만들어 줘

라봤다. 어른들이 비닐하우스 문을 막 열고 들어온 순간, 미도가 말했다.

"난 네가 생각한 것처럼 완벽한 사람도, 좋은 사람도 아니야. 오히려 너랑 엄청 비슷한걸. 아까 너한테 했던 못된 부탁 기억나? 김주용을 토마토로 만들어 달라고."

그러고는 씩 웃으며 덧붙였다.

"내 부탁 들어주면, 블로그 글 용서해 줄게. 마침 내일 과외하는 날이거든."

*

종례 후 우리 셋은 나란히 미도의 집으로 향했다. 둘이 아니라 셋인 이유는 박은해가 사람이 토마토로 변하는 순간을 꼭 보고 싶다고 하루 종일

졸라 댔기 때문이다. 목표는 미도의 과외 선생님이
자 명문대생 교회 청년부 오빠 김주용. 한 달에 고
작 네 번 수업하면서 미도의 부모님에게 팔십만 원
씩 받아 가는 날강도라고 한다.

"수업도 대충 하면서 돈을 그만큼이나 받아 가는
게 말이 돼? 내가 아무리 별로라고 말해도 엄마는
명문대 타이틀에 빠져서 소용이 없어. 명문대생한
테 과외 받는다고 다 그 대학에 가는 것도 아닌데."

나는 툴툴대는 미도에게 내내 궁금했던 걸 조심
스레 물었다.

"그런데 어제, 우리 둘로…… 토마토주스 만든
거지? 그래서 돌아온 거 맞아?"

"으악, 그대로 갈려서 사라지면 어쩔 뻔했어?"

박은해가 기겁하며 한마디 덧붙였다. 유미도는
민망한 듯, 고민하다 답했다.

"원래는 나도 망설이고만 있었어. 한 이틀 지나도 안 돌아오면 그때 시도해 볼까, 하고 있었는데 그 블로그 글을 읽어 버린 거야. 화가 머리끝까지 나서 당장 앞에 두고 따져야겠더라. 그래서 냅다 부엌에 가서 믹서기를 꺼냈지. 아, 너도 '마왕님과 열등생' 보는 줄은 몰랐는데."

결과적으로 토마토주스를 만드는 게 올바른 방법이었으니 다행이었다. 덕분에 나는 내 기묘한 능력의 압박감을 덜 수 있었다. 이제 앞으로는 실수로 사람을 토마토로 만들어도, 주스로 갈아 마시면 된다는 걸 아니까. 무엇보다 신기한 건 나와 박은해, 유미도가 같은 웹툰으로 이어져 있다는 사실이었다. 미도 미간에 난 뾰루지까지 발견했으면서 미도가 최근 가장 재밌게 보는 웹툰을 몰랐다는 게 충격적이었다. 나는 나도 모르게 스스로의 취향까지도 부끄럽게 여겼던 것 같다. '마왕님과 열등생'은 재밌지만, 미도는 나와 같은 웹툰을 좋아할 리 없다고 생각한 거다. 미도와 같은 작품을 좋아한다는 사실이 내심 뿌듯했다. 또 도대체 김주용은 어떤 사람이길래 미도가 토마토로 바꾸고 싶어 하는지 궁금했다.

미도의 집에 도착한 우리는 일단 신발을 숨겼다. 미도의 부모님 몰래 들어온 것이기 때문이다. 과외 시작 시간은 저녁 여덟 시. 미도의 부모님은 가게 마감을 하느라 한창 바쁠 때다. 보통은 열 시쯤에 돌아온다고 하니, 김주용을 토마토로 바꾼 후 몰래 먼저 빠져나가면 완전 범죄가 가능하다. 미도의 방에서 셋이 한참 동안 웹툰 이야기를 나누다가, 김주용이 도착하기 십 분 전쯤 나와 박은해는 옷장 안에 몸을 숨겼다. 바깥 상황을 지켜보는 건

살짝 열린 문틈으로 충분했다.

'무사히 토마토로 만들 수 있을까?'

사실 조금 걱정스러웠다. 상대를 토마토로 만들기 위해서는, 그 대상을 미워하는 마음이 있어야 한다. 하지만 김주용은 오늘 처음 보는 사람이다. 미도의 부탁대로 토마토로 만들어 주기로 했지만…… 과연 능력이 통할까 싶었다. 아식까시는 과외 수업료를 비싸게 받는다는 정도로 세상에서 사라졌으면 하는 마음이 들지는 않았다.

"오, 왔다."

박은해가 내 무릎을 톡톡 두드렸다. 김주용은 지극히 평범한 인상의 대학생이었다. 하늘색 셔츠에 무릎이 나온 청바지 차림. 키도, 눈도 작고 코와 입도 작아서 어딘가 어리바리한 분위기를 풍겼다. 그런데 수업이 시작하자 그의 입에서는 인상과 달리 독한 말들이 튀어나왔다.

"유미도, 너 아직 중학생이라고 그렇게 태평하면 안 돼. 고등학교 가면 애들이 얼마나 눈에 불을 켜고 공부하는 줄 알아? 대학도 마찬가지야. 너보다 훨씬 똑똑하고 잘난 애들이 깔려 있어. 너처럼 안일했다가는 그런 애들한테 잘근잘근 짓밟힌다니까. 웹툰 볼 시간이 어디 있냐? 그러다 후회한다."

김주용은 미도에게 제대로 설명해 주지도 않으면서, 문제를 틀리면 벼락같이 화를 냈다. 모르는 걸 알려 주는 게 아니라, 미도를 깎아내리기 위해 이곳에 오는 것 같았다.

"야, 이것도 모르면 어떻게 해? 저번에 한 번 푼 거잖아. 정신 똑바로 안 차릴래? 진짜 똑똑한 애들에 비하면 넌 머리가 너무 둔해. 그래서 사회생활은 제대로 하겠냐?"

가만히 듣고 있었을 뿐인데 차근차근 화가 끓어올랐다. 미도는, 내가 질투하고 부러워할 정도로 좋아하는 미도는 저런 소리를 들어도 되는 사람이 아니었다. 아니, 세상 어느 누구도 저런 악의가 덕지덕지 묻은 말들은 들으면 안 된다. 나는 당장에 옷장을 뛰쳐나가 미도에게 사과하라고 외치며 김주용을 잡아 흔들고 싶었다. 하지만 다른 계획을 떠올리며 애써 화를 참고서 문 틈새로 그를 노려보았다. 마른 땅에 푸른 새싹이 자라나, 몽글몽글 붉은 열매가 맺혔다.

"너, 어머니한테 과외 쌤 바꾸고 싶다고 했다며? 바꿔서 뭐 어쩌려고? 나니까 너 붙들고 가르치는 거야. 이렇게 솔직하게 말해 주는 선생님 없어. 순진하게 입에 발린 말들만 믿는 거 아니지? 너 그렇게 잘난 사람 아니다. 이런 기초 문제도 틀리는 게

토마토로
만들어 줘

잘나긴 무슨. 이 둔해 빠진 멍청아."

그 순간, 내 안의 열매가 지금까지와는 비교할 수 없을 만큼 커다란 소리를 내며 요란하게 폭발했다.

펑!

유미도의 방 안에 붉은빛을 띄는 새콤한 안개가 가득 찼다. 케첩 냄새가 나는 것 같기도 했다. 박은 해와 나는 옷장에서 나와 손을 휘저으며 한데 모였다. 창문을 열어 안개를 내보내고, 공기청정기를 틀어 정체불명의 냄새를 뺀 후 좌식 테이블에 둘러 앉았다. 그리고 말없이, 성공적으로 작전을 수행한 공모자들처럼 들뜬 표정을 주고받았다.

우리 앞에는 토마토가 놓여 있었다. 군데군데 짓무르고 푸른곰팡이가 덮인, 불쾌한 냄새를 풍기는 썩은 토마토 한 알이.

　미도가 뾰족한 볼펜으로 그것을 콕콕 찌르며 말
했다.

"으, 완전 썩었잖아. 이런 토마토로는 주스도 못 만들겠어."

미도가 은해와 나에게 번갈아 눈을 맞췄다. 우리는 미도의 필통에서 뾰족한 필기구를 하나씩 집어 들었다.

문제집 위의 토마토가 잘게 떨리는 듯한 건, 아마 착각일 것이다.

작
가
의
말

조예은

단 한 번이라도

내가 아닌 누군가가 되고 싶었던 모두에게.

| 소설의
| 첫 만남 **34**

토마토로 만들어 줘

초판 1쇄 발행 | 2025년 5월 23일
초판 4쇄 발행 | 2025년 10월 15일

지은이 | 조예은
그린이 | 권서영
펴낸이 | 염종선
책임편집 | 구본슬
펴낸곳 | (주)창비
등록 | 1986년 8월 5일 제85호
주소 | 10881 경기도 파주시 회동길 184
전화 | 031-955-3333
팩스 | 영업 031-955-3399 편집 031-955-3400
홈페이지 | www.changbi.com
전자우편 | ya@changbi.com